親子マンタふわり

浜風 帆
HAMAKAZE HO

文芸社

もくじ

第一幕　神谷育海《かみやいくみ》・十三歳

バシャン！

コポコポコポコポ。

学校のプールに静かに飛び込んだ私は、その勢いのまま底まで潜った。

水の中に、くぐもった音が響く。

カン、カン、カンとどこかで鳴っている配管の音が、大きく鮮明に聞こえたかと思うと、先ほどまでうるさく聞こえていた蟬の声や、グランドから聞こえる部活動の声は、遠く遠くから揺らいで聞こえてくる。

プールの底を這う眩しい光の筋が、水面の動きに合わせて右に左に動く。

私は目をつぶり、プールの底で仰向けに寝転がった。一瞬、上下が分からなくなって、なんだか私が私ではないみたいな感覚になる。プールの底から上を見ると、ゆーらゆら、歪んだ太陽が見える。なんだか嘘っぽい太陽。うそんこの太陽。ここはどこだろう。そんな風に思える別世界がここにはある。

「先生、またイクミちゃんが潜ってます」

と、女の子の声が元の世界から聞こえる。

バレたかな。もう少し潜ってたいな。

ここは落ち着く。今の自分にはこっちの方がしっくりくる。そう思って、底すれすれを静かに泳いだ。

中学校に入って落ち着いた頃、お母さんが突然亡くなった。心臓発作だった。あまりに突然で、それもなんだか嘘っぽい。それから二ヶ月、四十九日も過ぎて、普段の生活に戻ったけど、やっぱりなんだか嘘っぽい。

「おーい、神谷……か、み、や」

あきれたような男性の声。先生だ。

息も続かなくなったので、ゴポゴポゴポと息を吐いてあがった。

「ハァ、ハァ、ハァ」

「また、お前は。いくら水泳部だからって言ってもな、休憩時間はちゃんと陸で休め。な。次のスイム、一〇〇のタイム測るぞ。ほら、泳ぐ時は泳ぐ。休む時は休む。分かったか」

私は「はーい」と言うと、バシャンともう一度潜った。

「あ、こら潜るな……分かってねーな」

という先生の声が遠くで聞こえた。


部活帰りは、ちょっと遠回りになるけど、いつも多摩川の土手沿いを歩いて帰っていた。夕日が多摩川をたんぽぽ色に染める。もう少し帰るのが遅くなれば柿色、そして空の赤みが深みを増し、やがて茜さす土手道を歩くことになる。逆光を浴びた建物や陸橋は漆黒のシルエットになり、ツートンの世界がやってくる。立ち止まると時間の流れが肌をなでる不思議な世界。過ぎ去る時間が、ねっとり圧倒的な力で体を包みこんだかと思うと、シュッと瞬く間に過ぎ去ってしまう、そんな世界がそこにある。

七月の太陽は夕日になってもまだまだ日差しが強くて容赦がなかった。ちょっと歩けば汗びっしょり。だけど、冬になって真っ暗になるまでは、この道を歩いて帰ろうと思っていた。

それは、いつも一緒に帰っている友達の百合《ゆり》ちゃんと、ふざけながら大声で話せる「この時」「この場所」が私には大事だったから。

「育海ちゃん、アイス食べてかない？」
「うん。いいね！」
学校帰りの買い食いは本当は禁止されているけど、こんなに暑いんだもん。アイスぐらいいいよね。
「育海ちゃん、何にする？　私、チョコミントかストロベリーミックスかで迷ってんだよねー。どうしようかなー。あ、両方って手もあるか」

同じ水泳部の百合ちゃんは、のんびりマイペースで、ゆったり自分時間の世界を持っている。だからかな、一緒にいると安心する。なんだろ、彼女も彼女独特の世界を持ってるんだよね。

世界。

世界か……私の世界ってどこにあるんだろ？

「どうしたの？　ぼーっとして」

百合ちゃんが覗き込むようにして聞いてきた。

「え、うん」

「育海ちゃん。今日も部活でまた潜ってたし」

「うん……うーん、なんでかなーって思っちゃうんだよね？」

「何が？」

「うん。私はさー、ただ泳ぎたいだけなのよね。試合なんて出たくないし。それなのに、なんであんなに泳がなくちゃいけないの？」

「まあ、一年とはいえ一応水泳部だからね。私はそんなに一生懸命泳いでないけど」

「どうして、うちには水泳部一つしかないんだろ？　試合用の水泳部、遊びたい人用の水泳部、ただ、泳ぎたいだけの水泳部。なんだっていいじゃん、別に」

　私は投げやりに言った。

　百合ちゃんは、

「そうだねー、そうだ！　そうだ！」

と言って水泳バッグをポーンと放り投げてキャッチすると、へへと笑って続けた。

「じゃあ私はダイエットして、今年こそ彼氏を作る水泳部。どう？　どう？」

「フフフ、じゃあ、アイスはなしにする？」

「えー、それは別腹だよー」

「またまた、それ別腹って使い方間違ってるから」

「へへへ、そう？　まあ、それはそれでいいとして。そんな楽しい目標の水泳部だったら一所懸命泳ぐのになーって思ったの。へへ……育海ちゃんは？」

「えっ？　……うん」

空を見て考える。

目標か。目標。目標。そういえば、あんまりそんなこと考えたことなかったな。私はただ、泳ぐのが好きなだけだから。

お母さんに教えてもらった水泳。泳ぐのが好きだったお母さん。でも、お母さんも競泳とかそういうのじゃなくて、なんだろう、のんびり、ゆっくり泳ぐのが好きで、南の島の綺麗な海が好きで、マンタが好きで……そうだ、マンタが好きでまた一緒に泳ぎたいって言ってたな。


「じゃあ私は、海でマンタと一緒に泳ぐ水泳部」

「マンタ?」

「そう、南の海にいるやつ。こんな感じで平べったくて、オニイトマキエイっていうでっかいエイだよ。こうやって翼を広げたような感じで、海の中を飛ぶの」

私はそう言って、ブンブン腕を上下に振った。

「腕、振りすぎ。それじゃスズメだよ」と百合ちゃんが笑う。

「マンタだよ、マンタ、へへへ」

一緒に笑えて、ほっと心が軽くなる。

「マンタかあ……」

お母さんが大好きだった南の島。

私が落ち込んでると、よく一緒に泳いだマンタの話をしてくれた。


ふわーり、ふわり。

飛ぶように泳ぐマンタがやってきて、優しく包んでくれる。


そうだ、そうだよね。

会いに行こう。会いに行ったっていいんだ。

私はよく分からなかったけど納得した。

その瞬間、実感なく浮いてた心は、すぐに重力を取り戻し落ちてきた。

前以上にその重みを感じながら。


心が重く沈む時、そんな時「なんだっていいんだ」って投げやりに思うことがよくあるけど、今日はちょっと違った。今日の「なんだっていいんだ」は許されたような、解放されたような、ちょっとだけ明るい、そんな「なんだっていいんだ」だった。重みを感じた心、その心が地に足をついたような気がした。

「百合ちゃん。私、マンタに会いに行ってくる。決めた。来月、お母さんの誕生日でさ。その時、お母さんの大好きだったマンタに会いに行こうって決めた。うん！」

私は力を込めて言った。

「え、うん……応援する」

百合ちゃんは、ちょっと戸惑ってたけど、お母さんのことを察してくれたのか、ギュッと水泳バッグを抱えながら答えてくれた。

「ありがとう」

歩く方向が決まった。

「じゃ、アイス食べに行こう。競走ね」

私は体に力が湧いて、不意に走りたくなって駆けた。

「あ、まってー」と百合ちゃんが追いかけてくる。

住宅街の静かな夜。
ＢＧＭ代わりに、テレビから聞こえるバラエティ番組の笑い声が部屋に響く。不意に笑いが途切れた時に訪れる静けさが、薄く薄く積み重なって体に染みこんでくる。そんないつもの夜。私は、お母さんの妹、夏帆《かほ》おばさんが作り置きしてくれた夕飯のハンバーグを一人で食べ終え、ダンボールをカッターで切っていた。

人には何か特技があるもので、それは私にもあって工作だった。お母さん譲りかな。レジンやカルトナージュなどの小物作りから日曜大工やペンキ塗りまで、なんでも自分でやってしまうお母さん。一緒に作ったキーホルダーやペンダント、粘土の置物やペーパークラフトなどが今も棚の上に飾ってある。色鮮やかな熱帯の魚だったり、貝だったり、まるで小さな水族館のよう。

工作をしている時、そこにはお母さんと私の世界がある……いや、あった。

お母さんは、私が小さい頃から、大抵なんでもやらせてくれた。

「育海ちゃん、ほら、この熱帯魚のキーホルダーかわいいでしょ。一緒に作ってみる?」

「育海ちゃん、自分でやってごらん。手伝ってあげる」

「育海ちゃん、うまくいかなくても、試行錯誤するのが楽しいのよ」

「育海ちゃん、もっといろいろ作ってみようか。ここ、水族館みたいにしちゃおう」

そう、あったんだな。そして、今はもうないんだな。


そう思うと、今まで作る気もなくなっていたけれど、今日はなんだか大きなものを作りたくなってダンボールを切っている。マンタを作ろう。そう、お母さんの好きだったマンタを作ろう。

私もマンタが大好きで、と言っても私はマンタに会ったことがない。写真や映像では見たことがあるけど、実際に会ったことはない。南の島の綺麗な海で泳いだこともない。

でも、それでも、大好きだった。

お母さんがよく話すから好きになったのか、私が好きだからよく話してくれたのか、今ではよくわからないけど、いつも思い出すのは、私が小さかった頃、私が泣くとすぐにお母さんがやってきて、マンタの話をしてくれたこと。

最初の記憶は保育園にいた頃かな、泣いている私。

理由はなんだっけ？　確か旅行で沖縄の離島に行くはずが、行けなくなったとかだったかな。


「よしよし。育海ちゃんもう泣かないの」

保育園児の私は、慰めてくれるお母さんの服を摑《つか》みながら、スーツ姿のお父さんが電話をしていたのを見ていた。

内容は分からなかったけど「ヤだな、ヤだな」という思いだけがモワモワと膨らんで泣いていたような気がする。

「あー、クソ！」と怒りながら携帯を切ったお父さんは、大きな溜め息をついてやってきて、私の頭を撫でた。

「ごめんな。お父さん石垣島に行けなくなっちゃった。また今度な」

私の中の「ヤだな、ヤだな」という思いが、どんどんどんどん膨らんで重くなって、小さな私はまた泣いた。

　お父さんは、お母さんに仕事の話をいろいろ話して謝ってたけど、お母さんは何も答えなかった。何も言わず私を抱きしめてくれたけど、何も言わず考えごとをしているお母さんは、またお父さんと喧嘩するんじゃないかって感じがして怖かった。この頃は、私が言うのもなんだけど、お母さんも働きに行っていたから、何もかもが忙しくて、ちょっとしたことで二人とも怒ったり、喧嘩をして、私は子供ながらによくハラハラしていた。

　私は、お母さんの笑ってる顔が見たくて、

「お母さん笑って。マンタのお話しして。昔、お父さんと見たんでしょ。空、飛んでるみたいだったんでしょ?」

　と泣きながら言ったっけ。

「いいわよ。おいで」

　と言うと、お母さんはおんぶしてくれた。そして両手を広げると、

「青い海の中、ふわーり、ふわり、ゆっくり、スーッと飛ぶように」

　と言って、ゆっくり翼をひろげ飛ぶように歩いてくれた。

私が生まれる前にお父さんと行ったんだって。

のんびりした民宿で、自家製のゴーヤジュースが出たり、海に沈む夕日で真っ赤に染まった海や満天の星をずっと眺めたり、グルクンって魚の唐揚げを頭からバリバリ食べたり、時には突然の大雨でびしょ濡れになったり。

その頃の私には分からない話もたくさんあったけど、冒険に溢《あふ》れワクワクドキドキし、お母さんが嬉しそうに話すから、私にとって夢の国のお話だった。

そして、最後は小さな船に乗って沖まで行くシュノーケリングの話。

「そこでマンタに会ったの。遠くの方から、ふわーりふわり、ゆーっくり翼みたいなヒレを動かして、まるで海の中を飛んでるみたいに、お母さんたちの下をスーって通り抜けていったの」

仕事の準備をしていたお父さんも、その時は話に加わって、

「こんな感じ」

と腕をブンブンと振った。

それを見てお母さんは、

「フフフ、そんなに腕振っちゃ、マンタじゃなくってイカよ、イカ」

と笑ったから、私も嬉しくなって、
「イカー、イカー」って笑ったな。

みんな笑った。
だから、マンタの話は大好き。

結局、この時はお母さんと二人で沖縄の石垣島に行ったの。何もかも想像以上で、夢のようで楽しかったなー。あ、でも、夢のドリンク、生ゴーヤジュースは想像とまったく違っていて、ゴクって飲んで、その苦さに泣いたっけ。少し甘くてスーってする、レモネードみたいなの想像してたんだけどな。その影はかけらもなかった。

今、思えばちょっとだけ残念だったのは、私がまだ泳げなかったこと。砂浜で水遊びしかできなくてマンタに会えなかったこと。そして、ちょっとだけ、お母さんも寂しそうだったこと。

不意に溜め息がでて、作業している手を止めた。何か作るって本当に時間があっという間に過ぎるもので、棚の上の時計を見ると十一時を回っていた。パーツをボンドで貼り合わせ、色は絵の具でお腹を白っぽく、背中を鈍色に。そして、口と尻尾は動くようにネジで留めて完成に近づいていた。

「うーん。ちょっと地味かな、もうちょっとカラフルにしよう」

私はパレットに赤や黄色、白の絵の具を出した。

それから、またしばらく改良を重ね、

「最後に目のパーツを貼り付けて、っと。できた!!」

そこには、ちょっとカラフルなパステル調のマンタが笑っていた。

口をパクパクさせてみた。

「僕、マンマンマンタだよ。よろしくね」

よしよし、なかなかいい子だぞ。

私は、仏壇のお母さんの遺影の前にこの子を連れていった。

「どう。お母さん。なかなかじゃない。ちゃんと口と尻尾も動くんだよ。へへ」

と笑いながら、私は畳の上に寝転んだ。ものを作るって疲れる。疲れるけど、作り終わった後にどっと押し寄せる疲れと充足感は、とても気持ちが良かった。久しぶりだな、こういうの。

嬉しかったのは、このマンタの子が何か話しかけてくれそうで、見てるとフフッと笑えてきた。

ガチャッと玄関扉の開く小さな音がする。お父さんだ。

リビングの扉のすりガラス越しに、ハンカチで汗を拭きながら靴を脱いでいる姿が見える。

私はさっと起き上がると、マンタの子を抱えてリビングの扉の脇に隠れた。

小さく囁《ささや》くように「ただいま」と言いながらリビングに入ってきたお父さんを、「ワッ！」と驚かす。

だけどお父さんは大して驚きもせず、あきれた顔で私を見た。

「……お前なー」

「遅いよ、お父さん」

「馬鹿。遅いのはどっちだよ。早く寝ろ。もう十一時を回ってるぞ」

「これ、作ってたの」

私はマンタの子を持ち上げて見せた。

「……一人で作ったのか？」

「まあね」

「マンタだな」

「そうだよ」

「うん、よくできてる」

「それだけ」

「いや……」

お父さんはマンタの子を持ち上げると、しげしげと眺めた。

「お、口も開くんだな」

「うん」

「まあ、ほら、今日はもう遅いからすぐ寝なさい」

「つまんなーい」

私はマンタの子を奪い取ると、マンタの子に話しかけた。

「せっかく待ってたのにね」

お父さんは、

「ありがとう。それは嬉しいけど」

と言うとワイシャツのボタンを外し、そして部屋着に着替え始めた。

「言っただろ、今週は仕事が立て込んでいて、ずっと帰りが遅くなるって。だから、ちゃんと早く寝なさい」

「ねえ、マンタに会いに行きたい」

一瞬、お父さんの動きが止まる。

「ねえ、私も、マンタに会いに行きたい」

「ああ」

気のない返事が返ってくる。

「来月お母さんの誕生日でしょ。その時、やっぱり計画通り石垣島に行こうよ。お父さんたちもシュノーケルで見たんだよね？　こんな感じだった？」

と言ってマンタの子をゆっくり、ふわりと動かす。

「私、また同じところに泊まりたい。ロビンソンクルーソーって民宿だったよね？　そこのボートでマンタスポットまで行くんだよね?」

返事の代わりに、溜め息が聞こえた。

「分かったから、もう寝なさい。時計を見てみ。十二時になるぞ」

「何が『分かってる』の?」

「うん?　……まあ」

「ほら、やっぱり行こうよ」

「その話はなしにということになっただろ。今年はやめとこうって」

「今年は、って……毎年行こうって計画立てて、でも、結局みんなで行けなかった。みんなでマンタを見に行こうって。何度も何度も行けなくなって。今度こそ、今度こそ行こうって約束。今年も」

「……」

「結局、みんなで一緒に行けなかった」

そこまで言うと私は俯いて口を閉じた。

しばらく返事は返ってこなかった。

やがて、お父さんは、

「でも、ほら、やっぱり今年はやめとこう」

と言うと、椅子に座った。

「でも」と食い下がる私に、

「分かってる。そのうちな。もう少し落ち着いたら」

と強い口調で言って話を遮った。

「……」

「別に行かないわけじゃない、また、もう少しして、な」

「私、お母さんの誕生日に行きたい」

「そういうこと言うな」

「どうして」

「よし、今年は水族館ぐらいにしとこう。水族館。マンタもいるだろ。な」

「もういい!!」

ダメだ、ダメダメダメだ。

また、すべてがダメになる。

私は嫌になって、ドアをバンと閉めてリビングを飛び出した。

「ちゃんと寝ろよ」とお父さんの声が聞こえる。

あー、嫌になる。

私は、ドアを勢いよくもう一度あけ、

「冷蔵庫に、夏帆おばさんが作ってくれたハンバーグが入ってる」

と連絡事項だけ伝えた。

「ああ、ありがとう」

「お父さんのために言ってるんじゃないから、ハンバーグのために言ってるんだから」

と言って、また勢いよくドアを閉め、部屋を飛び出した。


「フーッ」と溜め息が出る。

お父さんは忙しい。空間演出の仕事をしている。それなりの売れっ子で、雑誌や新聞の記事にも取り上げられたりもして、とにかく忙しい。たぶん仕事はできるんだろうな……だけど……だけど、何を考えているのか私には分からない。お母さんのこと、どう思ってたんだろう……私には分からない。

自室のベッドに勢いよく倒れ込んだ私は、一人でも行こう、いや、一人で行こう、と心に決めた。

第二幕　神谷拓海《かみやたくみ》・四十六歳

スピーカーからハウリングする音が響く。

スイッチをマイク入力から音源入力に切り替えると、海中に響く小さな波の音、イルカのような鳴き声、海中をイメージした神秘的なＢＧＭが聞こえてくる。

白い壁面にはプロジェクターから海の映像が映し出され、マリンスポーツ用品の特設会場の一角に、海中をイメージした空間が作り出された。

作業服姿の北川蒼真《きたがわそうま》が、脚立に乗って天井に魚のオブジェを取り付けている。

「拓海さん、こんなもんすか？」

俺はプロジェクターを調節する手を止めて、全体を眺めた。

「もうちょい右上。魚に右からの照明あてて」

「はい、こうっすか？」

「いいよ」

プロジェクションマッピングの技術ができて、空間演出の仕方もガラッと変わった。リアルに、体全体が空間に包み込まれる。


錯覚が起きる。

海の中にいるみたいだ。

差し込む光が揺らぎ、海底の砂浜へと誘う。

不意に息苦しくなった俺は、溜め息をついて目を閉じた。

皮肉なもんだな。

展示会場で俺は海の中を作っている。

……溺《おぼ》れる。海の中で俺は溺れている。

そんな感じだ。


脳裏に染み入る波の音が大きくなり、体は海中を漂う。

透き通った石垣島の海。

昔、澪《みお》と行った石垣島の海だ。

俺は息荒く、海面に顔を出した。

「ハァ、ハァ、ハァ、ハァ」

「ねえ、見た見た見た！　マンタいたよ」

と遠くの方から澪の声がする。

見ると、澪が手招きしている。

「マンタ！　こっち、こっち」

と言うと、スーッと泳いでいく澪。

「あ、おい。行くな。行くな。行くなーー」

俺は必死に追いかけようとするが、世界は暗くなり、消えた。


音は海中のBGMに戻り、展示ブースに静かに流れている。

目の前には、誰もいない海が作り出されている。

澪、もういないんだな……どこにも。

郵 便 は が き

料金受取人払郵便

新宿局承認

3970

差出有効期間
2022年7月
31日まで
（切手不要）

1 6 0-8 7 9 1

1 4 1

東京都新宿区新宿1－10－1

(株)文芸社

愛読者カード係 行

ふりがな お名前				明治 大正 昭和 平成	年生 歳
ふりがな ご住所	□□□-□□□□				性別 男・女
お電話 番 号	（書籍ご注文の際に必要です）	ご職業			
E-mail					
ご購読雑誌（複数可）			ご購読新聞 新聞		

最近読んでおもしろかった本や今後、とりあげてほしいテーマをお教えください。

ご自分の研究成果や経験、お考え等を出版してみたいというお気持ちはありますか。

ある　　ない　　内容・テーマ（　　　　　　　　）

現在完成した作品をお持ちですか。

ある　　ない　　ジャンル・原稿量（　　　　　　　　）

書　名				
お買上 書　店	都道 府県	市区 郡	書店名	書店
			ご購入日	年　　月　　日

本書をどこでお知りになりましたか?

1.書店店頭　2.知人にすすめられて　3.インターネット(サイト名　　　　)
4.DMハガキ　5.広告、記事を見て(新聞、雑誌名　　　　)

上の質問に関連して、ご購入の決め手となったのは?

1.タイトル　2.著者　3.内容　4.カバーデザイン　5.帯

その他ご自由にお書きください。

(　　　　)

本書についてのご意見、ご感想をお聞かせください。

①内容について

②カバー、タイトル、帯について

弊社Webサイトからもご意見、ご感想をお寄せいただけます。

ご協力ありがとうございました。

※お寄せいただいたご意見、ご感想は新聞広告等で匿名にて使わせていただくことがあります。

※お客様の個人情報は、小社からの連絡のみに使用します。社外に提供することは一切ありません。

■書籍のご注文は、お近くの書店または、ブックサービス(0120-29-9625)、セブンネットショッピング(http://7net.omni7.jp/)にお申し込み下さい。

傍に、脚立を持った北川がやってくる。

「どうっすか。こんなもんすかね？」

「ああ。なかなかいい。雰囲気出てる」

「へへ、三日徹夜して作ってもらいましたから。じゃ、自分あっちの展示ブース手伝ってきます」

「ああ」

不意に電話の着信音が鳴る。

画面を見ると、大石夏帆の文字。

義妹だ。なんだろうと思いながら、俺は電話に出た。

「あ、どうも。神谷です。昨日はハンバーグありがとうございました」

次の作業に戻ろうと歩き始めた足が止まる。

「……え、育海が渋谷で保護？」

俺はスマホを持ち替えた。

「保護って、どういうことですか？」

夜空に月が浮かぶ。

タクシーのシートにぐったり腰掛けていると、月とともに、窓に反射した疲れた自分の顔が見える。

腕時計を見ると、夜中の十二時を回っている。

俺は、溜め息をひとつつくと、目頭を押さえ目を閉じた。

仕事を抜けるに抜けられず、こんな時間に帰宅する自分が嫌になる。

タクシーを降り、静かに玄関の扉を開けると、義妹の夏帆さんが玄関まで出てきた。

「あ、どうも」

澪と似ているわけではないが、それでも姉妹。

その雰囲気に不思議なものを感じる。

「おかえりなさい」

「すみません、遅くなりました。で、育海は？」

「もう寝てます。普段と変わらないようでしたけど……」

「ああ良かった」

「……なんだか人ごとみたい」

「いや、そんなつもりじゃ。あ、ありがとうございました。迎えに行ってくださって」

俺は靴を脱いで廊下に上がると、夏帆さんに遠慮しながら、他人の家に入るようにリビングに入った。


俺が椅子に座ると、夏帆さんが待ちきれなかったかのように話し始めた。

「電話で話しましたけど、渋谷の町で変な男たちに絡まれたみたいです。たまたま近くにいた人が助けてくれたので怪我も何もなかったけど、一歩間違えばどうなっていたか……」

「育海のやつ、何してんだ、ほんとに」

そう呟いた俺を見て、夏帆さんは溜め息をついた。

「日付、変わってますよ」

「えっ？　はあ」

「私、お姉ちゃんと違うから言わせてもらいますが、もう少し早く帰ってこられませんか？　こんな時に早く帰ってこないなんて信じられません」

「そりゃ、まあ」

「仕事の分量を減らしてもらうとか、時間の融通をきかせてもらうとか、なんとかならないんですか？」

気まずくなった俺は、咳払いをした。

そんなことを気にせず、夏帆さんは続ける。

「これからの生活のこと、どう考えているんですか？」

「まあ……今のままというか、なんというか……これがうちの形なんで」

「そんな」

「私の仕事が早く帰ってこられない仕事だというのは澪も育海も分かってくれてたし、それでうまくやってきたし、これからも……」

「お姉ちゃんは分かってたかも知れないけど、育海ちゃんにはまだ無理です」

「もう中学生になったんだし、そんなことは」

「まだ中学生です。それに、お姉ちゃんだって、あきらめてただけです」

「まあ、もう少ししたら、なんとかなると思うんですが……」

「今を見てください。今を！」

夏帆さんの言葉が、強く俺の主張を遮る。


分かっている。

分かっているんだ。だけど、どうすれば……。

「……もう、やめましょ。その話は」


夏帆さんは、机の上に開いて置いてあった旅行雑誌を取って俺に渡した。

「育海ちゃん、一人でマンタを見に行こうと、旅行に行く計画立ててました」

「それが？」

「いいんですか、一人で行かせて？」

「育海だって、本気じゃないですよ」

「これ」

と言うと夏帆さんは脇に置いてあった通帳と判子も俺に渡した。

「通帳と判子ですか？　これが？」

「育海ちゃんが持ってた通帳と判子です」

「えっ⁉」

「育海ちゃん、自分のお金で石垣島に行こうと、一人で行こうと。新宿や渋谷の旅行代理店をいろいろ回ったみたいです」

「それで、そんなところに……」

「その途中で変な男に絡まれたんです」

俺は通帳と判子を持ち直して、溜め息とともに呟いた。

「どうして……？」

夏帆さんが育海の作ったマンタの置物を見た。

「一人でもマンタに会いに行くって」

何故？

澪はいない。それなのにマンタに会ったたって。

「どうして、そこまでして」

「それは……」

「どうしてですか？　どうして」

「……」

沈黙のあと、俺は静かに声を絞り出した。

「……澪は、もう、いないんです……育海はマンタに会うことで、澪が亡くなったことを打ち消そうとしているんですか?」

「拓海さん」

「辛いんです……マンタに会ったって何も変わらないのに。それなのに育海は……」

澪はいない。そのことに締めつけられた心から声が漏れる。

「だけど……」

考えれば考えるほど苦しくなる。

「だってそうでしょ。澪はいない。それなのにマンタに会いに行って。マンタに会って、そこで澪は……もういないってことを確信するんだ」

目をつぶって俯いた。

胸が締めつけられて、まともに息ができない。

溺れる。沈む。海の底に沈んでいく。

手を伸ばしても届かない海面。

光が遠い。遠く遠く遠く。

やがて消えるのに、それでも必死に手を伸ばしてしまう自分がいる。


「……そんな残酷なこと……俺には……できない」

「でも」

「まだ二ヶ月。澪が亡くなって、まだ二ヶ月ですよ。何も今でなくても、もう少し、もう少し、澪がいないことを冷静に受け止められるようになってからでも……今は、新しい生活に慣れる方が」

夏帆さんが俺の脇に座り、静かに見つめている。

「育海ちゃんだって、必死にこれからの道を探してるんです。彼女だって必死なんです。その支えになってくれたのが拓海さんじゃなかった……どうして、そのことが分からないんですか！」

「そ、そんなこと」

その時、ガチャッとリビングの扉が開き、育海が入ってきた。

「私、行くから」

「育海……お前、聞いてたのか」

「お父さんいなくても、マンタに会いに行ってくるから」

やりきれない思いで、俺は通帳と判子をテーブルに叩きつけた。

「一人で行けるわけないだろ。バカなこと言うんじゃない」

育海は一度俯いたあと、決心したように顔を上げた。

「お母さん、きっと行きたがってるもん」

「育海」

「一人で寂しい思いしてるもん」

「そんなことないさ」

ただ否定したくて、とっさに口から言葉が漏れた。

育海は何か言おうとして、だけど見つからなかったのか、

「……私、分かるもん」とポツリと呟いた。

「何がだよ？」

「……ん」

「何が分かるんだよ?」

いたたまれなくなって、つい強い口調になる。

育海が見つめる。

「寂しくて悲しいの、分かるもん!……だって……そうなんだもん」

「……育海」

「私には分かるの!」

沈黙の後、育海はドアを勢いよく閉めて出ていった。

「育海ちゃん」

夏帆さんが後を追う。


コン、コン。

育海の部屋のドアをノックする。

「育海ちゃん入るわよ」

「入るぞ」

夏帆さんと一緒に中に入り、ベッドの角で布団に包まっている育海に、「おい」と声をかける。

「お父さんには関係ない」

夏帆さんは育海の隣に座ると、優しく言った。

「ほら、育海ちゃんも言うことがあったらはっきり言いなさい。こそこそ隠れて何かするのって、叔母さん好きじゃないな」

俺はゆっくり近づくと、布団に手を置く。

「一人で行こうなんて、バカなことするんじゃない……心配するだろ、な」

「心配しなくていいから」

「そんなわけにいくか」

「私が死んだって、別に平気でしょ」

「バカなこと言うな!!」

そんなこと言うな！　そんなこと言うなよ！

なんでそんなこと言うんだよ！

悲しみで心と頭が踏み潰される。

俺は布団を引っ張った。

抵抗する育海。

夏帆さんが俺と育海の間に割って入る。

「……そんなこと言っちゃ駄目よ。お母さんだって、どんなに心配すると思ってるの」

俺は、離れて深呼吸をした。

気持ちを落ち着けろと、自分に言い聞かせる。

落ち着け、ゆっくりと話せ。

「育海の気持ちは分かる。だが……今、行ったところで、辛くなるだけだ、な」

「私、分からない」

「辛くなるんだよ。育海には、まだ分からないかもしれないけど……だから、もう少し、もう少ししてから」

「もう少しっていつ？　いつならいいの？　いつなら辛くなくなるの？」

「そ、それは……」

「いつ?」

答えられずに俯いた。

育海は布団から出ると、まっすぐに見つめてきた。

「私、分からない。お母さん、死んじゃったけど、胸の奥に、ここにいるもん」

と胸を叩く。

「ここにいる」

力を込めて訴えた。

「私が悲しくなったら、マンタのようにふんわり飛んできて、ギュッて包んでくれるもん」

育海の息遣いが響く、鼓動も聞こえてくるようだった。

俺は言葉が出なかった、吐息だけが漏れる。

育海は続ける。

「私、一人じゃないから……一人で行くんじゃないから。お母さんはここにいるから。お母さんと一緒に行くんだもん」

「育海」

「ここに、私の中にいるから」

必死に訴える、そんな育海の瞳の奥に、澪を感じた。

「……そうだな」

「学校に行く時も、遊ぶ時も、ご飯食べる時も、寝る時だって、ここにいるから」

育海は息を大きく吸い込むと、上を向いて遠くを見つめた。

そして、吐き出すように言葉を続ける。

「だから、私……寂しくない」

「……うん」


澪が育海の中にいる。

そうだな、そうだよな。


「……寂しくないもん」

いまも澪が支えてくれている。

育海の寂しさに震える心を支えてくれている。

俺が、押し殺して、沈めて、逃げて、隠して、どうしようもない、その寂しさに、いや、俺以上の寂しさに震える育海を、澪は、今でも優しくそっと包んで支えてくれている。

「……寂しくない。寂しくない。寂しくない」

育海の心の叫びが突き刺さる。

「もういいよ。もういい。ごめんな。お父さんが悪かった……ごめんな、寂しい思いをさせて」

育海を抱き寄せた。

「……寂しくない」

「もういい。よく頑張ったな。ごめん。寂しさに気づけなくて。お父さんがバカだ、大バカだ」

育海は俺から離れると「……違うよ」と言った。

「？」

「違う、違う、違う！」

「……何がだ」

育海が悲しそうな目で俺を見る。

意味が分からなかった。

「違う、寂しいのはお父さん。私じゃない。私はマンタに会いに行くのをワクワク、ドキドキしてるもん……寂しいのはお父さん……寂しそうなのはお父さん！　お父さんの方だよ」

「な……」

……何も言えなかった。ただ、深い海の底に沈めて殺した心が悲鳴をあげる。

育海が続ける。

「お父さんの中にお母さんはいないの？」

「それは……」

「お母さん、旅行に行く時……行けなかったけど、でもいつもワクワク、ドキドキしてたから。計画立てる時いつも楽しそうだったから、だから私も大丈夫。お母さんと一緒にワクワクドキドキできるから」

言葉がでず、育海の手を両手で包み込んだ。

小さい。

まだこんなに小さな手だったんだな。だけど、その小さな手で大事なものをぎゅっと握りしめた育海は、俺なんかよりずっと前を向いていた。

「なに?」

「ごめんな……分かった、マンタを見に行く。一緒に行こう……今度こそ、本当に約束する」

信じなかったのか、育海は下を向いた。

「絶対だ。約束する」

「……お母さんに約束して」

強い口調で、育海がきっぱり言った。

「約束する」

育海は動かなかった。

夏帆さんが優しく育海と俺の肩に手を置いた。

「うん。さあ、もう寝ましょ。夜遅いんだから、ね」


約束するよ。澪。

波の音が聞こえたような気がした。

そして澪の声が、

「マンタいたよ。こっち、こっち」

もう一度俺に呼びかけてくれた——そんな気がした。


リビングに戻ると、どっと疲れてソファに座り込んでしまった。

「お茶、淹れましょうか?」

と言うと夏帆さんはキッチンへ向かった。

「いえ、もう遅いから」

自分が嫌になる。

「父親失格ですね」

「父親に失格も合格もないですよ」

「逃げていたんです」

「……それは、誰だって死は辛いから」

「いえ……もちろん澪のこともあるけど、それだけじゃなくて……育海から逃げてたんです。接し方が分からなくて、気持ちがわからなくて、寂しさに気づけなくて」

深いため息が出る。

「そして、逃げてたのにも気づかなくて……」


ふと目をあげると、棚の上でマンタの置物が笑っていた。

かわいい笑顔で笑っていた。

フッ、なんだよ、とこっちも笑顔になる。

そうだな、また、一緒に笑えるよな。

「できること、少しずつ頑張りましょ」

と言うと夏帆さんもマンタを見た。

そして笑顔になる。

「フフッ、澪と同じことを言ってますよ。ハハッ、そうですね、こんなんじゃ澪に怒られますね」

心が前を向いた。

第三幕　拓海と澪《みお》

ギューインとモーターが音を上げ、電車が加速していく。

昼過ぎの小田急線の車内には人が少なく、私は片隅にポツンと座っていた。窓の外に目を向けると青い空に白い雲。やがて、背の高いオペラシティが、そしてその向こうに都庁や新宿の高層ビル群が見えてくる。

私は、お父さんが信じられなかった。だから直接会社の人に、休みをもらえるよう、お願いすることにした。

電車を降り、しばらく歩く。

日差しだけでなく、アスファルトからの照り返しが強く息がつまる。一気に汗が出た。

――ここだ。

額の汗を拭きながら、スマホで会社の場所を確認する。見上げた建物は立派な商業施設の高層ビルで、ビジネスマンが行き交うロビーに気後れした。場違いな自分が入っていいのかどうか、心配になる。

それでも、覚悟を決めて入っていく。

「あのう、ここ受付ですか？」

「はい、受付ですよ。どうかしましたか？」

と言うと、にっこり笑顔が返ってきて見つめられた。

「あのう、あのう、空間企画社コスモって何階ですか？」

私はドギマギして慌てて言った。

「十六階になります。ご訪問ですか？」

「あ、はい」

「入社証が必要になりますので、こちらの紙にご記入ください」

そこには自分の所属のほか、相手の担当者や用件を書く欄があった。

「あ、いえ、えっと……いいです」

いいわけないいじゃん。

と思いながらも、私は慌てて駆け出した。

離れたところにある長椅子に腰掛けた私は、下を向いて汗ばんだ自分の手を見つめた。

緊張するー。どうしよ、どうしよ。

「あれ、もしかして育海ちゃんじゃないの？」

ふいに、声をかけられてびっくりする。

目をあげると、スーツ姿の男の人がやってくるのが見えた。

短めの茶髪、若く見えるけど、やっぱりおじさんかな……で、誰？

「育海ちゃんだよね？」

「はい」

「やっぱり！　俺、覚えてる？」

「あっ……はい」

分からなかった。誰だっけ、この軽い感じ？　知ってるような……。

「嬉しいなー、絶対俺のことなんて記憶にないと思ったから」

その人は、本当に嬉しそうな笑顔を見せた。

「……あ、はい。やっぱり、分からないです」

ごめんなさい。

「あーやっぱり……まあ無理ないか。神谷さん家まで企画書や設計図取りに行ったりして、何度か会ってんだけどね」

「ああ」

「神谷さんの下で働かせてもらってます。北川蒼真です」

「あ、いた。見たことある」

とつい、口から出ちゃって「すみません」と謝る。

「いいのいいの。どうしたの？　神谷さん今日は現場行ってるから、ここには来ないよ」

「……そうですか……帰ります」

なんだか自分の居場所がなくなったようで、すぐにこの場を離れたくなった。

「……あのさ、よかったらすぐ近くに今回のイベント会場があるんだけど、覗いてかない？」

「え」

「さ、さ、行こ行こ。ほら、早く」

「えっ、えっと」

私は困って、横を向いたり下を向いたりした。

「あんまりここでそうやって困られちゃうと、俺、君をナンパしてるみたいじゃん。会社中に変な奴だと思われちゃうよ。俺、変な奴だからいいんだけど。でも、君が変な奴だと思われたら困るでしょ？　さ、だから行こうよ。あ、今、ウザイと思ったでしょ？　あ、今、逃げ出したいと思ったでしょ？」

「……うん」

「だったら‼」

北川さんは力を込めて、

「早く行こうよ。一緒に逃げよう。さ、早く。ほら、急いで」

と訴えたかと思うと、私の返事も聞かずに歩いていく。

「え、あ、うん」

私はわけも分からず追いかけた。

そこには切り取られた海があった。

波の音に体が包み込まれる。

海底に差し込む光が私に降り注ぐ。

不思議な気分になる。

だけど、いつものプールのように上を見ても太陽はない。

本当の海に行きたいなという思いが強くなる。

私は、海中が作られたその一角を抜けて、マリンスポーツのグッズ販売ブースへ向かった。

「あ、このピンクのウエットスーツ可愛い。マンタのアップリケついてる。いいなーいいなー」

私がウエットスーツを見ていると、どこからかプシュー、プシューとシュノーケルから息が漏れる音がしてきた。見ると、傍からシュノーケルに水中マスクをした北川さんが、クロールを真似るような格好でやってくる。

「育海ちゃん、どうこのシュノーケル。いや俺」とポーズを決める北川さん。

「帽子もかぶろう」とポケットから取り出した帽子もかぶる。

うそ？

私はあっけにとられた。

「えっ？　いいんですか？　商品出しちゃって」

「ああ、これ自前品。そして、俺も展示物なの」

「？」

「ほら、ありきたりの展示してもインパクトないでしょ。だから俺も展示物として海中泳ぐの」

「えええええっ⁉」

「上も脱ごっか、ちょっと時間かかるけど、あっちにウエットスーツもあるから着てくるよ」

「いえ、いいです、いいです」

「そう？　でも……」

「いいですって」

私はまだ信じられなくて「本当ですか？」と真顔で聞いてしまった。

「格好良くない?」

北川さんは自慢げに胸を張った。

「えーっ」

「ありでしょ?」

「ないないないない」

私はありったけ大きな手振りで否定した。

「……あ、そう。そう?……まあ、拓海さんに却下されたんだけどね」

そう言うと北川さんは、シュノーケルと水中マスクを外して落ち込んだ。

本当に落ち込まないでよ。

「そ、そのシュノーケルは格好いい」

「このシュノーケル結構いいよー。これつけてたら、どんな社会の荒波も越えていけそうだ。よし、そっちまで泳いで行くぞ。ハアハア」

そう言うとシュノーケルをつけ、私の目の前を泳ぐ格好で通り過ぎた。

「さむい」と思わず口から出ちゃった。

「寒い? いやあ、嬉しいな、それ。いつもみんなから暑苦しがられてるから。ほら、水中眼鏡、もう曇ってきちゃった」

めげないな、この人。「フフッ」と笑ってしまった。

「今度、お父さんとマンタ見に行くんでしょ？」

北川さんがシュノーケルを外しながら聞いてきた。

「えっ⁉」

「拓海さん、今の企画終わったら、しばらく行ってくるって、休暇届出してたよ」

「本当ですか？」

「うん、いいねー。南の島、俺も行きてー。行きてー。行きてーよー！」

と言って北川さんは息を切らした。

「……確かに暑苦しい」

と私の口から漏れた。

北川さんは息を切らしたまま、

「ハアハア、たまにはさ、イベント会場においでよ。案内するからさ。お母さんは毎回来てたじゃん。拓海さんと二人。いつも楽しそうだったよ」

「……私、いつもお母さんに誘われてたのに。だけど……」

……お父さんの仕事うらんでたから。

「今からでもいいじゃん。喜ぶよ、お父さんも」


私は展示場をもう一度見回した。

そこにはお母さんがいて、楽しそうに、いろいろ見ているような気がした。

「楽しみにしてたんだ、お母さん」

そうか、ここにもいるんだね。

目を戻すと北川さんは、意味もなくニコッと微笑んだ。

やっぱり、暑くるしい。

でも、なんだか悪くない。

私も自然と笑みがこぼれた。


玄関の扉を開けると、夏帆おばさんの靴があった。

「ただいまー」

リビングの扉を開けて駆け込むと、キッチンの方からトントントンと野菜を切る音がした。

「おかえり。晩ご飯クリームシチューよ」

私は夏帆おばさんに近づくと言った。

「今日から私もやります。教えてください」

「あら、いいわよ。どうしたの？　なんか、いいことでもあった？」

「へへへ。あ、手洗ってきます」

と言ってカバンをソファに置き洗面台に向かう。

私は今日、私の知らないお母さんに会えた気がして、なんだか嬉しかった。

お母さんのことを、もっといろいろ知りたくなった。

第四幕　育海と拓海

電気の消えた暗いリビングにチッチッチと静かに時計の針の音が響く。

リビングのドアをカチャっと静かに開け、「ただいま」と小さく呟いた。

電気をつけ、テーブルまで歩いてくると、ノートがあるのに気づく。

「なんだ、このノート？」

表紙をめくると育海の字で、

「お父さんがお母さんと昔行った石垣島のこと、もっと知りたい。ノートに書いて」

と書いてある。

脇には可愛いマンタのイラストが。

「フッ。マンタの絵。澪が描いたマンタに似てる」

俺は椅子を引いて座った。

リビングにページをめくる音が響く。

次のページにはマンタのことがいろいろ書いてあった。

「私。マンタについていろいろ調べたんだ。マンタ。エイ目イトマキエイ科オニイトマキエイ、全世界の熱帯から亜熱帯の海域に広く分布。ほとんどのエイが浅瀬の魚であるのに対し、マンタは表層域に住んでいる。性格は温厚で、動物性プランクトンを捕食。マンタに会うなら、石垣島、ハワイ、パラオ、タヒチ、モルディブ、ソコロ……」

俺は何を書こうか考え、昔行った石垣島に思いを馳せた。

泊まった民宿やソーキそばやチャンプルーの話、砂浜でピートガラスを探した話、シュノーケリングの話。毎晩、ひとつずつ書きながら、忘れていたいろんなことを思い出した。本当にいろんなことを忘れていた。


それから数日後の朝、俺がいつものように、まだ薄暗い時間に起きてリビングに行くと、紅茶とトーストの香りがしてきた。

——キッチンに立つ澪の姿。

いや、育海が紅茶を入れている。

「どうした、こんな朝早く。お茶なんか淹れて」

「え、うん。だって、この時間じゃないとお父さんいないでしょ……おはよう」

「ああ、おはよう」

育海は手を止めて、ノートを渡してきた。

「コレ。ノート見て」

育海がページを開く。

俺は椅子を引いて座り、ノートを見た。

「今日、宿と飛行機、予約取ろうと思うんだけど」

と言って育海は不安そうな表情を見せた。

俺はもう一度、ページを確認した。

「いいよ、これで。予約取ったらもう一度確認させてくれ」

育海の顔がパッと明るくなる。

「うん……なんか、ワクワクするね」

「えっ」

トースターがチンと鳴ってパンが焼き上がる。

「何かワクワクして、お腹すいちゃった。楽しみだなー」

「楽しみか」と呟いた。

「お父さん紅茶、牛乳多めだよね」

「うん」

育海が紅茶を淹れてくれる。

「お父さんも、お茶ぐらい淹れなよ」

育海も椅子を引いて座った。

いつ振りだろうか、朝、ミルクティーを飲むのは。

おれは、ミルクティーに映る自分の顔を眺め、そして口に含んだ。

甘くない、けど優しい味。

こうやって飲むのが、懐かしい気がした。

「そうだな。忘れてたよ、この味」

忘れていた。

いま、自分はここにいる。

大切な時間はここにも。

過去だけじゃない。

ここにある。


育海も飲む。

「あつッ」

「フフ、そうそう」

俺は立ち上がると仏壇の前に行き、チーンと鐘を鳴らし、置いてあった紙袋を持ってきた。

「プレゼントだ」

「何？」

「あけてごらん」

「あ、コレ、あーっ、マンタのウエットスーツ。欲しかったやつだ」

「フフ」

「ウワーッ、ありがとう!!　ねえ、着てみていい？」

楽しみか……そうだな、俺も楽しまなくちゃ。

俺は、嬉しそうな育海を見ながら、ミルクティーをごくりと飲んだ。

＊

その後、飛行機、民宿、マンタツアーの手配まで順調に予約がとれた。

そして、あっという間に出発前日の夜になった。


「お父さん、遅いな」

私は溜め息をついた。

リビングに着替えやら、水着やら、ウエットスーツやらを並べ、試行錯誤しながら圧縮袋にそれらを押し込んでいた。体重をかけて圧縮袋から空気を抜く。

私は疲れから、ふーっと息をついた。

今度はペリペリと圧縮袋に入った荷物をキャリーバッグに詰め込んでいく。

バタンと蓋を閉めカチリと鍵を閉める。

「よし、キャリーバッグ一丁あがり」

と言って時計を見た。

「お父さん、遅いな」

私は再び、溜め息をついた。

*

大きなイベント会場で建て付け工事が行われている。

数名の作業員を集め、俺は頭を下げた。

「とにかく、工期を遅らすわけにはいかないんです。ご迷惑かけますが、このまま設営を続行してください。お願いします」

作業員たちが散って作業に取りかかる。

代わって北川がやってくる。

「拓海さん、そろそろ帰った方が……」

「バカ、お前。明日、電飾、音響に入らないととても納期に間に合わないだろ。安心しろ、そこまでは俺がなんとかするから、あとはお前に任せるよ。ほら、お前の方も準備遅れてるんだろ?」

「そうっすけど……」

「ほら行け。お前は自分のところしっかりやれよ。前回みたいに気合い入れろよ。あ、全裸で泳ぐのはなしな」

「全裸じゃないっすよ、シュノーケリングって言ってもらえます?」

北川は頭を掻きながら、持ち場に戻っていった。

ふいに、ポケットのスマホが鳴る。

取り出すと画面には育海の文字。

なんて言えばいいか分からなかったが、俺は電話に出た。

「もしもし」

「良かったー。電話つながらなかったから心配しちゃったじゃない」

明るい育海の声が胸に突き刺さる。

覚悟を決めて正直に話す。

「まだ終わらないんだ」

「分かった。じゃあ、明日の朝、私、荷物全部持って空港に行くから、お父さん、直接空港に来てよ」

「……すまん、無理だ」

すぐに返事はなく、間があった。そして、

「嘘でしょ?」

育海のひときわ大きな声が返ってきた。

「終わったら、すぐ連絡するから。とにかく待ってなさい」

もっと、何か言いたかったが、そんな風にしか言えなかった。

無言の返事の後、電話は切れた。


分かってくれる。

以前とは違うんだ。

そう信じたかった。

＊

朝の羽田空港ロビーは、もうすでに行き交う人であふれていた。

ポーンというチャイムとともにアナウンスが流れてくる。

「沖縄石垣空港へご出発のお客様にお知らせいたします。八時一〇分発。沖縄石垣空港行き、J航空51便は、まもなくご搭乗手続き、ならびに荷物のお預かりを終了いたします……」

私はたったひとり、搭乗口へと向かっていた。

「ハア、ハア、まったく、まったく、まったく、まったく」

キャリーバッグが重い。

あー重い。

こんなに重かったっけ？

いや、力が入らない、足も崩れそう。

「ハア、ハア、ハア」

ちょっと休もう。

なんだろ、手が痺れて固まったように動かなくなる。

私はキャリーバッグの横にへたり込んだ。

誰かが声をかけてくれる。

「おい、君。大丈夫か？」

「エッ……大丈夫です。ハア、ハア」

目の前が暗くなる。

体が言うことを聞いてくれない。

「おい、しっかりしろ」


私はそのまま医務室に運ばれて寝かされた。

どれくらい横になっていただろう。

気がついたら、氷枕は生温かくなっていた。

医療スタッフの人に、

「はい、氷まくら替えますよ」

と言われ頭を上げる。

「熱、下がりますか」

と聞いてみたものの、声を出すのすらしんどい。

「そんなすぐには無理よ。さ、ちゃんと横になって」

と言われ、タオルケットにくるまった。

遠くで、お父さんの声が聞こえた。

「神谷と言います。育海は、育海は……」

カーテンを開けて、お父さんとお医者さんが入ってきた。

「育海、大丈夫か？」

私は目をあけた。

「娘さん、一人で旅行ですか？」

とお医者さんが聞いていた。

「あ、いいえ」

気まずそうにお父さんが答える。

「かなりフラフラの状態でしたよ。数日前から調子悪かったそうですね。それに昨日は寝てないそうで」

「えッ！」

「無理が出たんでしょう。ちょっと安静にして様子を見てください」

「はい」

私は体に力を入れた。

「お父さん」

ハアハア言いながら体を起こした。

「行こう」

「……」

「大丈夫だよ」

「駄目だ。帰るんだ」

「よいしょ」

私は立とうとしてベッドの手すりを摑んだけれど、力なく崩れ落ちた。

「無茶するんじゃない！」

私は力が入らず何も言えなかった。

「うちへ帰ろう」

というお父さんの声が頭に響いた。


タクシーが走り去る音が聞こえる。

家に着くと、夏帆おばさんが待っていてくれた。

私は、お父さんと夏帆おばさんに支えられて部屋までたどり着いた。

「よいしょ。ほら頑張れ。家のベッドについたぞ」

お父さんがベッドに私を寝かせる。

「ううっ」

気分がまた悪くなった。

「育海ちゃん、着替えましょ。拓海さんは氷まくら持ってきて。あ、スポーツドリンクも
……さ、汗を拭いて、着替えて、ちゃんと寝たらすぐ良くなるからね」

声が遠くなる。

混沌とした意識の中で、私は夢を見た。

小さな私が泣いている。


リビングのテーブルほどの小さい私。

「イヤ、イヤ、ウエーン、ウッウッ」

お母さんが抱きしめてくれる。

「しょうがない。旅行はお母さんと二人で行こう。ほら、オンブ……よし、親子マンタになって泳ぐよ……青い海の中、ゆっくり、ゆっくり、ふわーり、ふわり」

私はお母さんと飛んだ。

ふわーり、ふわり。

「俺も俺も」

とお父さんがやってきて、腕を振る。

「フフフ、マンタじゃなくってイカみたい」

ってお母さんは笑っていた。

私も、「イカー」って言って笑った。

みんなで笑った。


おだやかな波の音が聞こえる。

そして砂浜を歩く音。

ああ、この時は結局、私はお母さんと二人で石垣島まで来たんだった。

「お母さん」

「うん？」

波打ち際を歩くお母さんが立ち止まる。

「見て、奇麗な貝殻」

私は砂浜で見つけた光沢のある貝殻をお母さんに見せた。

「ほんと、かわいいわね」

「お父さんへのお土産にしよ」

「うん。そうね」

そう言うと、少し微笑んで遠くを見た。

「……寂しい？」

私は、なんだか心配になって聞いた。

「えっ……寂しくないわよ。育海といっしょだもん」

お母さんはそう言うと、やさしく抱きしめてくれた。

「へへ、いいにおい」と思った。

海の匂いと日向の匂いがした。


廊下をカツカツと走る音が反響している。

ここはどこだろう？

廊下？　病院？

制服姿の私が必死に走っている。

「育海、お母さんが……心臓発作で倒れて……」

お父さんの声が頭に響く。

私は扉を開けて病室に駆け込んだ。

ベッドの脇に、うなだれているお父さんがいた。

「嘘でしょ？　お父さん、嘘って言って」

「……育海」

私はベッドに横たわるお母さんに駆け寄った。

「お母さん、お母さん、目を開けて、お母さん！」


海中の音。反響音。

青い海の中、私は一人。

大きなマンタがいる。

ゆったりと翼を広げたように泳いでいる。

遠ざかっていく。

深い、深い、深い、青い、静かな海底へ。

あ、待って、行かないで、待ってー。


「ハッ」

ガバッとベッドから上半身を起こす。

ジーッというプロジェクターの音が響いている。

「これは……」

目を覚ますと部屋の中に海があった。

波に乱反射した光がキラキラと海中に差し込んでいた。

壁一面にかけられた白い布に、奇麗な海の中の映像が映し出されている。

「お、起きたか。よく寝てたな」

お父さんが近づいてきて額に触る。

「……うん、熱は結構下がったな。どうだ、気分は？」

「これは？」

私は周りの景色を眺めて聞いた。

「仕事で使ったものだけど、なかなかいい感じに海の中になってるだろ？　どうだ、プロの技は」

「行こう。今から」

心の中が熱くなる。

「バカ言うな」

「私、行ってくる」

「今回は無理だ。旅行はまた今度。育海の具合が良くなったら必ず行くから」


違う、違う、違う!!

行かなきゃ。本物の海へ。

周りの海が、なんだか悲しくて悲しくて、私は立ち上がってシーツをビリビリに引き裂いた。

「育海、何を！」

「こんなのいらない！　なんにも分かってないよ。なんにも分かってない‼」

「なっ？」

「こんな偽物で満足すると思ったの？　お母さんの見たかったのは本物のマンタだよ。こんな偽物じゃない！　……私、一人で行くから。一人で行ってくるから」

私はシーツを投げ捨てた。

「違う！　そんなつもりじゃない」

「いつもいつも嘘でごまかして。そうやってお母さん、とうとうマンタに会いにいけなかったじゃん。もういい！」

悲しい気持ちが破裂して、気持ちが収まらなかった。

「そんなんじゃない……そんなんじゃないんだ……ただ……少しでも育海が、少しでも元気になるかなと思って……それだけだ」

お父さんが、パチッとプロジェクターの電源を切る。

ファンの音が消え、部屋が暗くなる。

「すまん」

暗闇の中、静かにお父さんの声だけが聞こえる。

「……」

「すまん、お母さんじゃなくて」

「……」

「お父さん、お母さんみたいにやさしいマンタにはなれないから……だから代わりに、これを。海を見たら少しでも元気になるかなと思って」

プロジェクターをコツコツと叩く。

「すまん……お母さんの代わりにはなれなくて……いつもうまくできなくて」


お父さんは、深く息を吸って吐いた。

「こんな時、お母さん、よくマンタの話ししてくれたな。腕うごかして……俺がやるとイカみたいって笑うんだよ。自分だってたいして変わらないくせにさ」

暗闇に慣れてきた目に、お父さんの姿が浮かぶ。

「育海、泣いたら、俺がいくらあやしても泣きやまなくてさ。そのくせ、お母さんがおんぶして親子マンタになったら、すぐ泣きやんで……覚えてるよ」

「うん」

「俺だって一緒に見たのにさ。夢中で話すんだよ、マンタのこと。大きくて、優雅で、優しくて……嬉しそうに話す澪の顔……覚えてるよ。覚えてる。覚えてるさ……あんなに喜んで」

お父さんの声が震えていた。

「お父さんは嬉しくなかったの？」

「フフ、分からない。でも……」

「でも？」

「うん……好きだったんだ。マンタを見て喜んでいる澪のこと。うれしそうな笑顔……好きだったんだ……覚えてるよ、その気持ち」

「お父さんの気持ち、初めて聞いた」

同じだ。お父さんの気持ちも同じだった。

やっと分かった。

「うん」

「うん」

私の心が素直に受け入れる。

「なあ、育海。もう一人にしないでくれ。一人で行くなんて言わないでくれ」


私はなんだか安心した。

そして冷静になった私は、なんだか気恥ずかしくなって、

「……お腹、すいた」と呟いた。

「うん？」

「何かない？　食べるもの」

「ああ。おかゆがあるぞ。持ってくる」

お父さんが部屋を出ようとドアを開けた。

光が差し込んでくる。

「ごめんね。お父さん……私、待ってるから。お父さんと行けるの、待ってるから」

「……ありがとう」

私は昔を思い出してフフッと笑った。

「どうした？」

お父さんが不思議そうに聞いてくる。

「思い出した。私、小さい時、よく旅行に行けなくなって泣いてたなって」

「そうだな」

「ううん違うの。泣いてたことじゃなくて」

私は、昔を思い出しながら続けた。

「その、泣いてたのは、旅行に行けなくなったから泣いてたんじゃなくて、お父さんと一緒に行けなくて泣いてたなと思って」

お父さんがフッと笑い、

「今度こそ、一緒に行こう」と言った。

「うん、待ってる」と私は頷いた。

第五幕　育海と拓海と澪

青空の中を飛行機が飛んでいく。

それから一ヶ月後、私とお父さんはとうとう石垣島にやってきた。


砂浜に押し寄せる柔らかな波の音。

どこか遠くから聞こえる三線の音。

砂浜を歩く私の足音。

「あつー、汗が止まんない」

私は海沿いの道で立ち止まった。

「大丈夫か？　荷物持ってやろうか？」

少し前を歩くお父さんが振り向く。

「大丈夫。自分の荷物は自分で持つ。ハア、ハア」

つばの広い麦わら帽子。私にはまだ大きいお母さんの麦わら帽子をかぶっていたけど、砂浜からの眩しい光で顔が火照った。本当に来たんだな……嬉しくて心がちょっと浮いた。

「宿までもうちょっと、頑張れ」

お父さんが戻ってきて、背中を押してくれる。


昔と同じ海辺の民宿に宿を取り、ツアーの予約もちゃんとした。

私は四歳の時に来ただけだったけど、いろいろ思い出した。

海辺の民宿。

お父さんが入り口の引き戸をガラガラと開ける。

「すみませーん。予約していた神谷です」

小さな民宿だけど玄関の横に休憩する場所があって、ここに泊まりに来たいろんな人の写真が貼ってある。

そうそう、こんな感じだった。

私も写真貼ったっけ。

奥からドスドスと、背は低いが骨太で、いかにも丈夫そうな宿主のおじさんがやってきた。

「よく来たね。じゃ、そっちで記帳してもらおうか。よいしょっと」

私たちは、玄関横の休憩スペースに腰掛けた。

おじさんは脇にあった冷蔵庫を開け、コップに緑色の液体を注いだ。

「汗かいたでしょ？　はい、どうぞ。飲みましょうねー」

「この緑の液体は、もしや……」

私は渡されたコップを見て息を飲んだ。

お父さんはコップを置いて聞いた。

「早速、行けますか？」

「せっかちだねえ。まあ、飲みなさいよ。ゴーヤジュース。ビタミンCたっぷり」

そう言うとおじさんは、自分でゴクゴク飲み干した。

「フフ、私、昔、これゴクって飲んで泣いたっけ。フフ」

一口飲むお父さん。

「苦いけど懐かしい」

「一気に飲むんだよ、一気に」

そう言われて、私とお父さんは顔を見合わせて一気に飲んだ。

そして「プハー」と一緒に息を吐いて、笑った。

奥から、髪を後ろで団子状にまとめたおかみさんが出てくる。

「無理して飲まなくていいのに」

と言って、おじさんのところまでやってくる。

「あったのか?」

おじさんが、おばさんに聞く。

「ちゃんと見つけましたよ」

おじさんは私とお父さんの方を見て、咳払いをひとつすると真顔で話し始めた。

「話は電話で育海ちゃんから聞いている。マンタの見られる最高のポイントに連れていくからね。心配しなくていいさ。それから……差し出がましいかもしれないけど、昔の写真を引っ張り出してきた」

そう言うと、おかみさんが色あせた写真を一枚テーブルに置いた。

「この写真。どうぞ」

お父さんは、差し出された写真を真剣に見つめた。

「もしかして違ったかしら？　でも、八月十九日のお母さんの誕生日に来たって聞いたから。それに、この顔」

「ええ、私と妻です」

そこには若い頃の、お父さんとお母さんが写っていた。

「お父さん、変わってないね。若い頃から老け顔だったんだ」

私は笑った。

「指切りげんまんしてるね」

お父さんとお母さんは、小指と小指をつないでいた。

写真には「絶対、一緒にまた来ようね」とメッセージが添えられていた。

「うん」

「そんなにショック受けなくてもいいのに。老けてるけどイケてるよ」

私は黙って写真を見つめているお父さんに声をかけた。

「いただいてもよろしいですか？」

お父さんがおじさんに聞く。

「もちろん。おかえり、よく来てくれたね」

おじさんは優しく答えてくれた。

おかみさんは写真をもう一枚取り出すと、

「それから、こっちは四歳の育海ちゃん」

と私の前に置いた。

こっちの写真には、小さな私を抱きしめているお母さんが写っていた。

「これ、お父さんが仕事で来られなかった時の写真だ……ずっと一緒って書いてある」

「うん」

お父さんが頷く。

「……あ、思い出した！」

私は椅子を勢いよく引いて立ち上がった。

「そうだ私。お母さんに約束したんだ」

「うん？」

「うん……次は必ず私がお父さんも連れてくるって、お母さんに約束した。フフフッ、忘れてたけど。でも、まあ約束守ったよね？」

お父さんが微笑んだ。

「さあ、それじゃあ、マンタを見に行く前に準備を……っと」

そう言うとおじさんは立ち上がって、奥に入っていく。

「なんですか？」

「お、手伝ってくれるか？」

「ハイ」

私は、おじさんの後についていった。

おばさんが笑いながら、

「フフ、まずは腹ごしらえをしましょうね」

と一緒にやってくる。

「お父さん」

私は、一人残って写真を見つめているお父さんに声をかけた。

「ほら……お父さんも一緒に」

お父さんは写真を大事にしまうと、

「よーし」

と言って勢いよく立ち上がった。

＊

ボートに波がぶつかる。

「ペッ、ペッ、塩っ辛ぇ」

俺は、ボートの後ろにつけられたハシゴにつかまりながら休憩していた。

「お父さーん！　何やってんの？　カメだよ、カメいたー」

育海が遠くで手を振っている。

「マンタじゃないのか？」

「いいの、いいの。早く来て」

ぐったりしている俺に、ボートの上から宿主のおじさんが声をかける。

「だめだねー、こんなんで疲れてちゃ。まだ五分しか泳いでないよ」

「運動不足なもんで」

「悪いね。ボートでポイントには行くが、マンタを追っかけることはしない。可哀想だからね。ま、待ちましょうね」

また、離れたところから、「お父さーん!!」と呼ぶ育海の声がした。

「よし、もうちょっと頑張るか」

俺はシュノーケルを付けると、育海の方へと泳いでいった。


澪、一緒にいるよな？

一緒に育海を見てくれてるよな？


「はやく、はやく、こっち、こっち」

澪の声が聞こえた気がした。

見ると育海が、一生懸命手招きしてくれていた。

＊

穏やかな波の音。

私は、嬉しくてずっと泳いでいた。

嬉しくて、私の世界がふわっと浮いて広がっていく。

広がって、広がって、広がって、繋がっていく。

どこまでも、どこまでも、どこまでも、お母さんにも。


それからしばらくしてマンタはやってきた。

「うーーう、マンタうーー」

興奮したお父さんが、シュノーケルも外さず教えてくれた。

……大きい。翼を広げたように、空を飛ぶように、優雅に、ゆっくり、やさしく、海の中を泳いでいった。


ありがとう。

さようならは言わない。

いつも一緒だから。だから、ありがとうって言うね。

ボートの縁に波が当たって砕ける。

「さ、帰りましょうかねえ。ボート出すから、しっかりつかまって」

宿主のおじさんは、そう言うとゆっくりボートを走らせた。

「育海、寒いだろ？　こっちにおいで」

お父さんがバスタオルをかけてくれる。

「うん……お父さん、ちゃんと見た？」

「もちろん」

「よし」

私はガッツポーズをして、

「大きかったな。こんな感じで……」

ゆっくり、滑らかに腕を振るお父さん。

「……って、これじゃあ、やっぱりイカみたいか？」

「そんなことないよ。ちゃんとマンタ」

「そうかそうか」

と言うと優しい笑みがこぼれた。

「……お父さん嬉しそう……フフフッ、分かった、フフフ、またお父さんにも見てもらいたかったんだね」

私は呟いた。うん、きっとそうだ。

お母さんはまたマンタが見たくて、そして見てもらいたくて、喜んでいるお父さんをまた見たくて。うん、きっとそうだ。

「うん?」

お父さんは、一人納得する私を不思議そうに見つめた。

「いいの、いいの。それより、また来よう」

「ああ、来よう」

「約束だよ?」

「指切りするか?」

差し出されたお父さんの小指と私の小指をつなぐ。

「また一緒にマンタを見に来ます!」

「指切りげんまん、うそついたら針千本のーます。指切った！」

ボートの音に消されないように、お父さんと一緒に力いっぱい声を出した。

「また来るからねー」

そう言うと、無意識に涙がこぼれた。

ふんわりと心が包まれる、熱いものが込み上げる。心が小刻みに震える。

来て良かったと心底思った。一緒にいる。一緒にいるよ。

「また……」と声を絞り出した。

お父さんが肩に手を置いてくれる。

私は「また来るからねー」と最後にもう一度、力いっぱい約束をした。

著者プロフィール

浜風 帆（はまかぜ ほ）

大学卒業後、１年半ほどドラマ制作会社にてドラマの制作に従事。
退職後、日本脚本家連盟スクール「布勢博一ゼミ」にてシナリオを学ぶ。
2012年　第33回 BK ラジオドラマ脚本賞最優秀賞受賞
2013年　FM シアターにて放送 「さよなら環状線」
2020年より、ペンネーム「浜風帆」にて自作シナリオのノベライズや、web 小説に挑戦。
2021年　バレンタインプロジェクト 文芸社 Loves TOKYO FM ラジオドラマ原案募集「for you... 大切なあなたへ」にて　長編部門最優秀賞受賞『親子マンタふわり』

この度は最優秀賞に選んでいただき、ありがとうございました。

超マイ（スロー？）ペースな制作活動ですが、やっとこの作品が日の目を見たこと、大変嬉しく思っています。

何度もご指導いただいた布勢博一先生、アドバイスを下さったゼミ生の皆さん、本当にありがとうございました。

空の上の布勢博一先生に知らせが届きますように。

親子マンタふわり

2021年７月15日　初版第１刷発行

著　者　浜風 帆
発行者　瓜谷 綱延
発行所　株式会社文芸社
〒160-0022　東京都新宿区新宿１－10－１
電話　03-5369-3060（代表）
03-5369-2299（販売）

印刷所　図書印刷株式会社

ISBN978-4-286-22780-1